꽃 진 자리,
밥은 익어가고

시와소금 시인선 152

꽃 진 자리, 밥은 익어가고

ⓒ황미라, 2022, printed in Seoul, Korea

초판 1쇄 인쇄 2022년 11월 07일
초판 1쇄 발행 2022년 11월 10일

지은이 황미라

펴낸이 임세한

디자인 유재미 정지은

펴낸곳 시와소금

출판등록 2014년 1월 28일 제424호

발행처 강원 춘천시 충혼길20번길 4, 1층 (우-24436)

편집실 서울시 중구 퇴계로50길 43-7 (우-04618)

팩스겸용 (033)251-1195 / 휴대폰 010-5211-1195

이메일 sisogum@hanmail.net

ISBN 979-11-6325-057-9   03810

값 10,000원

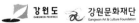

• 이 시집은 2022년 강원도 강원문화재단 후원으로 발간되었습니다.

시와소금 시인선 · 152

꽃 진 자리,
밥은 익어가고

황미라 시집

시와소금

오래전 엄마에게 드린 옛 시집 갈피에
마른 단풍잎이 끼여 있다
구순을 앞둔 노인도 마음은 소녀였나 보다

내가 지은 시집 한 권보다
엄마가 내 가슴에 지핀 붉은 단풍잎 한 장이
더 뭉클하다
저 단풍잎 같은 시가 한 편이라도 있다면……

돌아가신 엄마께 이 시집을 바친다

2022년 가을, 황미라

| 차례 |

| 시인의 말 |

제1부 지폐를 다리는 여자

제2부 어둠이 지나가네

제3부 나무의 격려사

제4부 나비, 날다

작품해설 | 전기철

'품'의 상상력, 그리고 어머니

제 **1** 부

지폐를 다리는
여자

눈물바다

바다는 눈물이다

내륙의 어두운 방에서 울어도

눈물은 방울방울 마음의 골짜기와 강을 지나

바다로 스민다

먹고 사는 일이 숙제처럼 버거울 때

죽는 일이 사는 일보다 쉬울 거 같을 때

발등에 뚝뚝 떨어지는

당신이 흘린 눈물 속에 당신이 빠져 죽을까봐

바다는 태곳적부터 길을 터놓고 품 넓혀 출렁거린다

힘겨운 날들을 어떻게 견뎠나 스스로도 믿기지 않으면

바다에 이는 포말에 흠뻑 젖어 보시길

무수히 흩어지는 짭짤한 눈물방울들을 맛보시길

사람들은 일찍이 그걸 알아서

비통하게 울면 눈물바다라 했다

바다는 연민이다

지폐를 다리는 여자

세탁소에서 거스름돈을 받으려 기다리는데
여자가 구겨진 지폐를 다림질한다

일월오봉도에 해와 달이 뜨고
세종대왕이 이마 주름을 편다
다 세월이고 삶이지 싶어 손사래를 쳐도
세상을 죄다 반듯하게 세워놓겠다는 듯

다림질을 하는
여자 앞에서 오래된 망원경이 고개 들어
나를 보는데
쫙 펴진 말끔한 지폐를 받아든
가슴 후끈 더워진다

산다는 게, 지폐처럼 끊임없이 구겨지는 일이라 해도
참 많이 부끄러워
알게 모르게 험한 금 실핏줄처럼 엉킨

나의 생도 거짓말처럼 다려주면 안 되냐고

혼잣말을 하는 것이다

곡선

살아 있는 것은 둥글다
사람도 짐승도 나무도
각진 몸뚱어리는 없다

둥근 꽃대를 밀어 올리는 민들레
둥근 몸을 꿈틀대는 지렁이
둥근 목숨 떠받치는
지구도 모서리를 지니지 않는다

이 둥근 세상,
둥글어지기 위해
모서리를 깎고 다듬어야 하는 줄 알았다

하지만 바느질을 하며
시침질한 주머니가 뒤집히며 완성되는 것을,
뜯긴 실밥이며 꿰맨 자국들을 몽땅 안으로 들이는 것을,
읽는다

둥글어진다는 건 모서리를 보듬는 거
가슴 안팎 찔리고 베이며 품어 안는 거

지구의 곡선을 따라가면 피가 묻어날 것 같다

발

발은 지구를 번쩍 들어올린다
땅을 딛고 있는 게 아니라
땅을 받쳐 들고 있는 것이다

머리는 허공에서 이상을 꿈꾸지만
발은 현실,
부들부들 떨리는 발목에 힘을 준다

간신히 견디는 이 외로움을 비집고
발가락 시리게 새어나간 말들이 돌멩이가 되어
푸릇푸릇 발톱을 찢고

사는 일이
부풀어 올랐다 터져버린 물집 같아도
어떻게든 아물리는

집에 돌아와 퉁퉁 부은 발을 주무르자

연민처럼 찌릿찌릿 별이 돈는다

이 순간에도 세상을 굴려가는
총총한 발, 발, 발,
깊은 멍도 먼빛에 좋구나,

우주에서 본 지구는 푸른 보석 같다는 전갈이 왔다

야외극장

나무가 고꾸라질 듯 휘어진 채
이파리를 뒤집으며 떨고 있다
폭풍이다

오래 전
우리 집은 극장 집이다, 이 문장을 써보라고
회초리를 들고 다그치던 선생님과
칠판을 향해 백묵을 쥐고 뚝뚝 눈물을 흘리던
아이가 있었다
고개를 푹 숙이고 죄인처럼

십 원인지 몇 원인지 학교에서 단체관람을 하던
시내에서 제일 번듯한 진짜 극장 집 딸
슬픈 등이 아직도 사라지지 않는데

나는 나무다, 바닥에 써보라고
비바람이 후려치는 것 같다

나무는 쓰고 싶지 않을 것이다
존재는 기록하는 게 아니라
몸으로 증명하는 거라고
눈물범벅인 채 견디고 있는 건 아닌지

그 아이 글씨를 쓸 줄 몰라서는 아니었을 터,
교실의 무게를 홀로 힘겹게 받아내던
이름도 생각나지 않는 어리디어린 등
지금은 가뿐한지

흔들리는 나무에 그 아이 환히 재생된다

뱀이 지나가는 사이

뱀이 지나갔다
나는 못 봤다 옆에서 얘기를 해서 알았다
산목숨 발끝 가까이로 지나 갈 때
나는 어디를 보고 있었나

무슨 나뭇잎인지
검은 잎들 흩어져 있던 숲에서
기형도 시인의 입속의 검은 잎* 가슴에 달라붙는
사이, 지나간 것 같다

배병우의 소나무를 손사진으로 베껴보는
사이, 새소리에 어린 날 풍금 소리를 따라가는
그 사이,
또 무엇이 지나갔을까

놓쳐버린 뭉클한 목숨들
몰랐다, 내가 함정인 줄

믿기지 않아 뱀이 지나간 자리 돌아보고
또 돌아보며

뒤늦게 궁금하다
내가 시를 쓰는
사이, 지나간 것들이

* 기형도 시인의 시.

그저 지나갈 뿐

수정란이 세포 분열할 때
도너츠처럼 가운데 동그란 구멍이 난다잖아
구멍 위쪽은 입이 되고
아래쪽은 항문이 된다잖아

그러니 목젖을 넘어 쭈욱 구멍을 타고
네 안으로,
내 안으로,
들어가고 들어가도 내내 바깥
우주 공간

가슴 먹먹해
혈관을 뚫으며 생을 시술한들
뜨거운 심장을 더듬는 건 우리가 아니라
우리가 부리는 어떤 거

어찌 서로를 안다고 할 수 있을까

세상에 둘도 없는 것처럼
알은체를 하지만

저 홀로 우주를 떠도는
너는 나를,
나는 너를,
어림잡아 헤아릴 뿐

그저 지나갈 뿐

의암호에서

흐르고 흘러도 삼악산 그늘이라며
강물은 구시렁구시렁 물안개를 피운다

집 나간 여자 같은, 강줄기의 옛 이름이 전설로 떠도는 의암호

생각이 너무 많은 강물은
아무리 수문을 열어놓아도 댐을 넘지 못한다
빠져나가는 건 부서지는 영혼이다

연신 산기슭에 가슴을 쓸어내리는 강물과
무슨 투사처럼 그 강물 당차게 끌어안는 콩크리트 벽

서로가 한없이 겨운 모순의 이름 위로
오해도 없이 봄은 오고, 축복 같은 벚꽃잎 내려앉고

그 부조화의 조화가
집집마다 불을 켜고 어린 것들이 꿈을 꾸는

세상을 환히 밝히는 힘이라니

상원사 가는 길

부처님 진신사리 모셔놓은 적멸보궁
한참을 더 가야 하는데
밭에서 갓 뽑아놓은 배추들이 먼저 반기네

영근다는 거
이 세상 바닥에서 둥글어진다는 거
제 안에 품은 고갱이가 달콤하다는 거
수행修行의 다른 말

지상에 푸릇푸릇 별처럼 박힌
우주의 사리,
미처 수습되지 않은 배추들 빼곡하고

일주문도 지나지 않았는데
적멸보궁 여기다 싶은지
배추밭 앞에서 몇몇 중생들
가을 햇살과 나란히 합장을 하네

탈출

허리가 아파 CT촬영을 했더니
디스크가 삐죽 나와 있다

최근 허리 굽혀 발끝에 손을 대는 운동을 했는데
혹시 그거 때문이냐고 물었더니
의사가 총체적 삶의 결과물이지요, 그런다
삶의 결과물이라니,
나는 가슴이 먹먹해져 아무 말도 하지 못했다
바꾸어 말하면 잘못 살았다는 말

무엇이 잘못되어 생이 어그러졌을까

처방해준 몇 알의 희망을 입안에 털어 넣는데
삐져나온 디스크는 다시 들어가지 않는다는 말이
아프게 도진다

나에게서 내가 나가버린
이 쓸쓸한 분란, 어느 것이 진짜 나인가

이즈음

갑자기 흐려지며 빗방울이 똑똑 떨어지기 시작하면
빨래를 걷고 싶다
빨랫줄을 높이 받쳐 든 장대 비스듬히 낮추고
후다닥 옷가지를 팔에 걸어 빗방울 사이를 뛰고 싶다

간장 된장 장독 뚜껑도 차례차례 덮고
덜 마른 내 허물과 나란히 툇마루에 걸터앉으면
톡톡 튀는 물방울에 흙먼지 살포시 일던 희디 흰 마당
소나기 한바탕 쏟아 붓고 언제 그랬냐는 듯 무지개를 걸어놓던
능청스런 하늘도 보고 싶다

고 무지개다리를 건너 가버린 시절 돌아올 기미는 없고
이렇게 빗방울이 막 떨어지기 시작하면
아파트 발코니 스텐 건조대에 걸린 일상이 느닷없이
남의 일 같아
되레 눈물 촉촉한 빨래가 가슴에 척, 널리는 것이다

구름의 기억

구름은
밥상에 마주앉은 자식에게 느닷없이 누구시냐고
공손하게 묻는 노인을 닮았다

구름이 순간순간을 모두 기억한다면
꽃이었지, 느티나무였지, 성채였지……
구름의 지난날이 몽실몽실 더해지고 더해져
빈틈없이 하늘을 덮고만 있다면
세상은 햇살을 어떻게 받나

때가 되면
구름의 기억은 주룩주룩 녹아내리고
녹아내린 기억은 뭉클, 추억이 된다

잊는다는 건 생을 내려놓는 거
거짓말처럼 사라진 어제를 두고
순진무구하게 떠 있는
치매노인 같은 구름 너머 하늘이 한없이 크고 높다

미역귀

마른 미역귀를 물에 불리자
뭉클 푸른 귀를 연다

바닥까지 내려앉은
온갖 비린 말들 오글오글한 귀

납작 엎드린 가자미의 신음과
입을 꽉 다문 조개의 속엣말이
막 삐져나올 것처럼 미끌거린다

미역귀는 생식기관이라는데
종자를 번식하고 나중엔 녹아 없어진다는데

모래알이 서걱거려도
파도에 이리 쓸리고 저리 쓸려도

미역 한 줄기 세상에 공양하고
수많은 말 제 안에 품고 열반하는

미역귀, 종일 푸릇푸릇 나를 감친다

프란시스

더럽고 냄새나는 쓰레기가
돈인 줄 몰랐다고 말할 수 없지만
쓰레기가 밥이 되고 옷이 되고 공책이 되는 줄
쓰레기가 누군가의 꿈이 되는 줄
몰랐다고 할 수는 없지만

쓰레기를 찾아
위험한 길 넘나드는 것도 모자라
첨벙첨벙 바다에 뛰어드는
이비에스 다큐 '천국의 아이들' 틈에
굶지 않는 게 소원이라며 쓰레기자루를 짊어진
먼 나라 일곱 살 프란시스
녹슨 철사 몇 가닥으로 끼니를 해결하던 거리의 꼬마
얼마 뒤 심한 고열로 죽었다는 자막이 뜨는데

쓰레기도 놓쳐버린 허기진 목숨
받아 안는지

눈시울 붉은 하늘 서편으로 털썩 주저앉는 저녁

배불러 죽겠다는 말 다시는 안 하리라
뜬눈으로 안팎을 샅샅이 뒤져도
프란시스의 쓰레기조차 못되는
나, 쓰레기를 희망이라 할 수는 없지만……

절박節拍하다

우리 동네 애막골 숲길에 들면
깍깍 깍깍 까마귀 소리 요란하다
—거기, 누구 있어요?
—네, 저 여기 있습니다
끊임없이 서로의 안부를 묻는 것 같다

까마귀도 겁나는 모양이다
날갯짓이 버거울 때
하늘 길이 막막할 때
저 혼자 떠도는 게 아니라는 걸
확인하는 건지도 모른다

죽을 만큼 외롭다는 말
사치 같아 보인 친구는 목숨을 끊었다

까마귀도 알고 있는 것이다
그래서, 어느 순간 박자를 치고 연주를 이어가 듯

깍깍 깍깍 외로움의 마디를 짓고
먹이를 찾고 둥지를 짓는 것이다

고요한 벽

벽에 걸린 옷 한 벌 단정하다

우리가 무엇을 받아들 수 있다는 건
몸에 붙은 양팔 때문,

팔처럼 대못을 박고

어떤 허물이든
기꺼이 받아 세상에 반듯하게 세워주는

울림 깊은,

제 **2** 부
어둠이 지나가네

소금, 물

굵은 소금 뒷맛이 달다
간수를 뺀 소금이란다

소금의 본성은 달고 맛이 짜며 독성이 없다는데
소금이 쓰다는 건
순순히 놓아주지 못한 무엇이 있다는 거

그게 무슨 사상도 이념도 아닌
입에 붙은 욕지거리 같은 거라 생각했는데

쓰고 독한 간수도
두부를 만드는 응고제로 쓰이니

소금이, 물을 버린 것 같기도 하고
물이, 소금을 버린 것 같기도 한
간수를
공손히 받아 안는 콩물이라니

머나먼 행로

원자론적 입장에서 보면
탄생과 죽음은 원자가 모였다 흩어지는 거라는데

먼 먼 우주의 어느 불멸의 원자들이 오늘의 나로 모였나
뻣뻣한 팔 다리를 보면 원시의 나무 같기도 하고
물렁한 마음을 보면 밀가루반죽 같기도 하고
그래도 몸 어느 구석에
풋풋한 풀잎 같은 원자가 하나라도 있지 않을까
나를 짚어보는데

느닷없는 비문증*,
물리학자가 원자란 이런 거라고 예를 들어 설명하듯
눈앞에 노란 먼지 둥둥 띄워놓고 실감나게 보여주는데
저 뿌연 먼지를 품고 있는 뼈와 살
이 허물을 두고 사람들은 내 이름을 부르는구나

훗날 나를 벗어나 흩어질

먼지, 나의 원자는 둥둥 허공을 떠돌다 다시 무엇으로 뭉쳐지나
굴러가는 저 돌멩이도
나뭇가지에 내려앉는 새들도 보이지 않는 행성도
내가 너다, 말하는 거 같은데

만물이 뒤엉켜 어지러운 날
처방받은 인공눈물 두 눈에 흘려 넣는 내가 마냥 낯설다
눈물이 나를 내 안으로 거두어들이다니

* 눈앞에 먼지나 벌레와 같은 무언가가 떠다니는 것처럼 느끼는 증상

장마

눈구멍 안쪽에 얇고 작은 눈물뼈가 있다지요
숨은 그림 같은 이름
눈물뼈가 있어
구름도 눈물을 지상에 쏟는 게지요

슬픔이 밀어 올리는
축축하고 어두운 낯빛 숨기지도 못하는데
미어지는 구름의 눈물

벽처럼 서서 눈물을 받아 내는
눈물뼈가 없다면
방울방울 길을 잡아주지 않는다면

눈물이 고스란히 제 몸으로 스며들어
온통 퉁퉁 불어터진 먹구름뿐이라면
영영 사라지지 않는다면……

생각만으로도 숨 막히는 오후

먹먹한 눈물의 안쪽

눈물뼈를 지나 주룩주룩 비가 내립니다

야상곡 · 2

시월 밤하늘에서 화성을 보았습니다
지구와 대접근이 이루어지는 날
맨눈으로 말입니다
15년 주기로 7배의 크기와 16배의 밝기로 다가온다는
붉은 행성

가장 솔직하게
가장 환한 얼굴
강렬한 별 하나를 처음으로 눈 시리게 바라봅니다

살면서 몇 번은 다가왔을 텐데
무심해서 미안하고
알면서도, 보려고 하지 않아 미안하고……

남쪽 하늘 저 너머로 사라져도
어디엔가 희미하게 떠있을
어쩌면 누군가의 영혼을 두고 슬픈 공전을 할지도 모르는

외롭고 쓸쓸한

하늘 길을
밤새 쳐다보고 또 쳐다보며
아쉬운 마음으로 따라 갑니다

어둠이 지나가네

물리쳐야 하는 무엇인양
저녁이면 환히 불을 밝혔네
환할수록
어둠은 커튼 뒤나 소파 뒤에 갇혀버리고

원시우주는 암흑이었다는데
세상의 모태 같은
어둠이 어쩌다 우리 집에 웅크리고 앉았나

아무 소리도 내지 못하고
온전한 제 모습도 없이
세상의 그림자로 밟히는
슬픔의 대명사

어둠도 품어야 할 별 같은 목숨붙이가 있을 터,
온갖 빛에 밀려 먼 길 왔을
어둠을 위해 전등 촉수를 낮춰야겠네

흐린 불빛을 숄처럼 두른 식구들 어깨 너머로
어둠이 멈칫멈칫 지, 나, 가, 네,

황혼

그대 눈썹 위에
서까래를 올려야겠다

기우는 해 처마 끝에 풍경처럼 달아놓고
실바람 빗자루로 엮어
성깃성깃 내려앉은 흰서리 쓸어내야겠다

근심만 무성하던
이마의 고랑 메워 마당도 들이고
까치발로 하늘을 받치면

잘못 든 길인가 싶어
세월이 멈칫멈칫할 지도 몰라

아쉽고 그리운 날들 지붕 삼아
그대 눈썹 위에
한 살림 차려야겠다

새벽에

잠이 달아나 거실에서 책을 읽는데
주방 쪽에서 꾸르룩, 소리가 난다
낮에 커피를 내리고 깜박 전원을 끄지 않은 것이다

날 기억하라고 소리를 지르는 건지
커피 메이커가 무슨 산목숨 같다

하기야 빨간 전원표시등이 나가서
저도 답답할 터,
이렇게 소리라도 내야 버려지지 않는다는 걸 알고 있는
모양이다

오래되면 물건도 귀신이 된다더니
눈 먼 커피 메이커가 나를 훤히 꿰뚫고 있다

틈

민들레꽃 피었다

앞에는 대형마트
뒤에는 고층아파트
머리 위로는 고가철도를 두고
노오란 스웨터 여자가 피었다

풍물시장 한구석에
푸성귀 수북이 쌓아놓고
목을 꽃대처럼 내밀어
지나가는 사람들을 좇는다

나는 스마트폰 장보기 목록을 확인하다가
슬그머니 닫아버렸다

자식들, 아니면
애틋한 누군가에게 날릴

희망의 꽃씨를 품은 여자를 두고

시멘트 보도블럭처럼 박혀있는
아파트와 마트, 철도
그리고 나

바람도 없는데 꽃잎이 흔들린다

마음에 폴폴 이른 꽃씨를 받으며
생각지도 않은 나물을 산다

비는 내리는데

나무가 걸어갑니다

고개를 푹 숙이고 비를 고스란히 맞으며

며칠 전 밧줄에 묶여 짐처럼 실려 가던 뿌리일까

느닷없이 실업의 거리로 쫓겨난 이웃집 기둥일까

껑충한 발목을 타고 흘러내리는 것이 빗물 같기도 하고 눈물
같기도 한데

산다는 게, 비를 맞으며 바닥에 터를 잡는 것이라는 듯

땅에 뿌리를 내린 가로수를 따라 느릿느릿 걸어갑니다

애호박

마트에서 애호박을 하나 샀다
호박도 예뻐야 한다고
과육이 크기 전부터 비닐을 덧씌워 키운
애호박, 얼마나 답답할까 싶어 비닐부터 벗겨놓으니
푸우 깊은 숨을 내뱉는다
더 클 수도
꿈꾸는 멋진 호박이 될 수도 있었을 텐데……
잠시라도 편히 쉬어보라고
다른 찌개를 끓였다

며칠 후 호박을 꺼내보니
물컹 반쯤 썩어 있다
제 생이 서럽고 원통해 콱 죽어버린 걸까
햇살 따뜻한 땅에 묻어주고 싶다는 생각을 하는데
비닐도 그러고 싶진 않았을 거라고
의지 밖의 운명을 슬퍼하고 있을 수도 있겠다 싶어
부엌이 무슨 암자처럼 자못 엄숙해지는 거다

금병산

언제 산에 들었나
아득한 행간에 긋는 깡마른 몸 있다

가난과 질병에서 청춘을 구하지 못한
시대를 넘어, 춘천 골짜기 산골작이 깊은 눈目 있다

글을 쓴다는 건
원고지 빈 칸에 생이 통째로 들어가는 거
들어가, 번개 치듯 서른한 편 세상에 놓아주고 그대로 숨어버
린 새파란
스물아홉

지나가던 바람도 기웃대는
실레마을 낮은 굴뚝에서 점순이, 들병이, 따라지들 매콤한 이
야기 깔리는 저물 무렵

비탈에 기대어 기침을 하는 가슴 있다

굽은 등 펴지며 흩어지는 숨결, 각혈을 받아낸 서편 하늘 눈부셔 서러운

여기,

세상을 받아 적는 순정한 붓끝 있다
유정이 있다

퇴고를 하나보다 빛바랜 활자들 산길에 수북하다

집게

마른 빨래를 걷는데
집게를 잡는 순간 딱, 소리를 내며 튕겨져 나간다

집게는 왜 저를 허공에 던지나, 생각도 하기 전에
집게를 놓친 빨래가 재빠르게 바닥에 내려앉는다
그러니까 빨래도 집게도 건조대를 일시에 벗어난 거다

저만큼 날아가 바닥에 널브러진 집게,
건조대 밑에 제 몸을 구겨놓은 빨래,
무슨 혁명 같다

누가 그랬던가
억압하는 것에 저항하라고,
날아갈 듯 펄럭이는 빨래를 집게로 집어놓은 게
죄가 된 하루

집게는 본래 입을 열 줄 모르는

한 번 물면 놓을 줄 모르는 충직한 개 같은 줄 알았다

망가진 집게와 일그러진 빨래를 주우며
그 잘난 힘이 내게도 있었나 싶어
한참동안 멍했다

까치와 소리

건물 유리벽에 부딪혀 숨을 팔딱거리던 까치가
갑자기 까악, 큰소리를 내지르자 사람들은 살아났다고 손뼉
을 쳤다
하지만 손뼉소리가 사라지기도 전에 픽 쓰러져 꼼짝도 못
한다
숨을 거둔 것이다

아버지도 그러셨다
억, 큰소리를 내시고는 바로 돌아가셨다

소리에도 무게가 있나보다
저 세상으로 끌고 가기엔 무거운
그래서 남은 소리 한꺼번에 내려놓느라
까치도 아버지도 그랬나보다

살면서 나는 시끄럽단 말을 너무 많이 했다
웃고 떠드는 소리, 울고불고 싸우는 소리, 컹컹 개 짖는 소

리……

  가볍게 치부한

  그 어떤 소리도
  바닥을 치고 내밀한 상처 쓸며 올라오는 목숨붙이의 기막힌
울림이었을 터,
  소리란 소리 새삼스러워 공손히 귀를 연다

담쟁이덩굴

오베르 공동묘지*
하늘은 푸르고 담벼락도 높은데
담쟁이덩굴 낮게, 낮게,

나무줄기나 절벽을 타고 오르는
본성을 거스르고 있다

바짝 마른 몸 추울까
붓을 든 채 울고 있진 않을까

고흐 이마에 제 이마를 대고
동생 테오까지
영혼을 고루 고루 어루만지는
덩굴손

담벼락 바로 아래서
담벼락 쳐다보지도 않고

태생이 바닥인 것처럼

납작 엎드려 고흐를 품는다

* 화가 고흐가 묻힌 프랑스 파리 외곽 '오베르 쉬르 오아즈'에 있는 공동묘지.
  동생 테오와 나란히 담쟁이덩굴로 덮여 있다.

검은 방

고흐가 죽기 직전까지 살았던 오베르 라부여관 다락방
낡은 나무 바닥이 반질반질한 검은 숯덩이 같다

총 맞은 가슴 움켜쥐고 몰아쉬었을
가쁜 숨, 온 몸으로 받아냈을 작은 창문은 지붕에 빼꼼하고

좁고 어두운 방도 모자라
고통은 왜 고흐에게 영원한 것인지*, 방바닥에 손을 대고
짚어보는데

세상의 빛을 흡수하는 검은색
세기를 넘어 뿜어낼 빛을 한꺼번에 머금은 영혼의 과부하
고통이란 넘치는 그 무엇 아닐까,

화구보다 무거운 생을 등에 메고 여태 세상에 붓질을 하는
고흐 방에서
살아 숨 쉬는 내가 사치 같다

* 고흐의 편지 중에서

가을

햇살이 어슬렁어슬렁 집안으로 기어 들어오는 걸 보니 가을
은 가을인가 보다

거짓말처럼 순해져 슬그머니 꼬리를 서산에 걸치고 얼굴을 붉
힌 채 씨익 웃는데

여름 내내 바닥까지 정신 줄을 내려놓고, 사는 일 먼 풍경처럼
바라보던
옛 동네 그 여자,
집 나가 딴 살림 차린 남편 늙어서 슬금슬금 들어오는데, 나
가란 소리 안 나오더라, 한다

문지방을 넘어 와 납작 엎드린
한풀 죽은 햇살 따뜻하니 좋다니, 팔 벌려 껴안는 능청 고스
란히 받아주는 굽은 등이라니,

배웅의 저편

눈이 참 많이 내리던 시골
어릴 때 아버지 등에 업혀 등교한 적 있다
푹푹 발이 빠지던 눈길 꿈처럼 녹아
혼자만 있고 싶을 만큼 컸을 땐
어두운 골목길에 가로등처럼 서 계셨는데

세상 뜨신 아버지
다시는 돌아오지 못하는 캄캄한 길
아버지에게도
애야, 무서워하지 마라
마중 나오는 아버지의 아버지가 계셨을 거라고
불가마로 미끄러지는 관을 보며 한참을 울었다

달개비꽃

온통 잉크네
길가 풀숲 파랗게 물들었네

옛 교실 바닥에 엎지른
잉크, 우리 동네까지 튀어
새파란 복순이 석순이 순자 다 불러 모으네

뽀얀 먼지 이는 신작로를 지나
삼거리 극장 앞을 지나
비봉산 낮은 그늘에 들어

숙제를 망쳤다,
옷을 버렸다,
강아지풀 아래 쪼그리고 앉아
속닥속닥 속닥속닥

한여름 수다 생생한 잉크, 마구마구 번지네

따뜻한 길

늪에도 길이 있습니다
대암산 용늪에 놓인 데크를 밟고 나는 걸어갑니다
질펀한 한가운데를 지나가고 있는 것입니다

이 높고 푸른 산정에 늪이라니
짐작도 안 되는 우리네 삶의 함정 같습니다

띄엄띄엄 작은 물웅덩이도 있습니다
필시 바람이 구름을 끌고 들어간 모양입니다
철쭉도 고개를 쭉 빼고 하늘을 들여다보는 걸 보면 틀림없습
니다

이웃이 늪에 빠져 죽었다는 어린 날의 풍문이
물웅덩이에 잠깐 스멀거리지만
하늘도 구름도 물먹지 않는 투명한 이 힘은 어디서 오는 걸까
요

길은 어디에도 있네요

누군가 놓은 데크를 따라, 오늘도 세상을 무사히 걸어갑니다

우렁이의 혜안

인북천 초입에서
우렁이농법으로 벼를 키우는 논을 만났다
벼 포기 사이로 느릿느릿 기어가는
우렁이가 여기저기 슬어 놓은 빨간 알들이 꽃 같다

잡초는 잘 먹지만 벼는 질겨서 못 먹는다는 우렁이
그래서 벼가 살고 사람이 밥을 먹는 거구나
눈앞에 있는 어떤 거, 내 것이 못 된다고 억울해 할 일 아니네

우렁이가 벼를 못 먹는 게 아니라 안 먹는 건 아닐까
일찍이 사람과 함께 사는 길을 깨우친 건 아닐까
햇살 반짝이는 논물 속 우렁이 한참을 들여다보았다

황홀한 기적

알겠네
내 안 어딘가에 있는 서늘한 습지
심장 쿨렁쿨렁한 해묵은 이야기
썩지도 못하고 퇴적한 이탄층을

대암산 용늪에서 자꾸 뒤돌아보는데
풀도 아니고 흙도 되지 못한 깊이가 반만년,
사무치는 무엇이 있어 질퍽한 늪이 됐을까

여기에도 길이 있다니
살아갈 수 있다니

용늪에서 알겠네
생의 한지寒地에서 눈물 머금고 흘려보낸 시간들이
마침내 끈끈이주걱 같은 그리운 뿌리들을 키워낸다는 것을
오래된 슬픔도
유월 용늪에 핀 산목련처럼 향기롭게 벙글 수 있음을

쓰러진 나무

지난 밤 태풍을 견디지 못했나보다
나무 한 그루 쓰러져
애막골 좁은 오르막길을 가로막고 있다

이른 아침
울먹이며 전화를 하던 그녀,
코로나에 걸려
낯선 타지로 끌려가 덜컥 병상에 누운

이파리 무성한 가지와 뿌리를
이쪽과 저쪽에 걸친
무게중심을 잃은 나무가, 그녀와 함께
양방향으로 힘을 쓰고 있다

제 몸에서 밀당을 하는 자아
아침이 난감하다

한쪽으로 기울기 전
나는 어떻게든 나무뿌리가 닿은 쪽으로,
그녀가 두 발을 모은 땅으로,
일으켜 세우려
지나는 바람 앞세워 안간힘을 써보는데

새들도 포르르 날아오르며 응원을 하는데

인북천, 오디를 따다

인북천은 북쪽에서 흘러온다는데
우리는 인북천을 거슬러 북쪽으로 걷는데
까맣게 익은 오디 주렁주렁 달려 있어 똑똑 따먹는데

나뭇가지 너머 저쯤에 DMZ 철책선이 있다는데
북쪽 어느 골짜기에서 내려왔을지도 모를
오디나무 뿌리를 따라 유월을 노니는데

촬촬 바윗돌 휘돌아 흐르며
금강산에도 여름이 깃들었다고 인북천이 귀띔하는데
오래전 금강산 관광길에 황달기 심하던 안내원
지금은 건강한지, 행여 소식이나 전해주려나
꺽지, 황쏘가리, 배가사리, 어름치… 이름을 불러보는데

동강난 이 나라 산천이 말없이 들려주는 이야기
오디즙 고인 입안 가득 슬픈 알이 스는데
달콤하다, 쓰다, 달콤하다 쓰다, 쓰다,
가는 길 울컥 목메는데

매자나무

산길에 만나는 매자나무
회초리 같은 몸으로
봄날 노란 꽃을 피우더니 총총 열매가 달렸다
열매는 물론 뿌리와 가지도 약재로 쓰인다고

치유의 힘은 어디서 오는 걸까
남의 고통을 생각하는
매자나무 물관을 따라 종일 걸어보는데

매자나무 서 있는 그 땅에
매자나무 머리에 얹고 있는 그 하늘 아래
매자나무 숨 쉬는 그 공기 마시며

세상에서 나만 아픈 거 같다니,
누구보다 내가 제일 슬픈 거 같다니,
매자나무 가시에 찔린다
산길이 따끔하다

꽃 진 자리, 밥은 익어가고

연꽃 같았으면

꽃 진 자리 연밥 익어가 듯
모든 뒤끝이 그랬으면

목숨처럼 붙어있다 떨어져나가는
아픔 딛고

고봉으로 밥 지어 세상에 보시하는

생강나무

봄꽃 중 제일 먼저 핀다는 생강나무
저 혼자 환한데
가만히 보니 꽃샘추위에 파르르 떨고 있네
어린 신부 같은 꽃
무엇이 저 꽃잎 불러냈을까
무엇에 저 꽃잎 홀렸을까
봄 햇살 때문만은 아닌 듯한데
진달래 개나리 여직 숨죽이고 있을 땐
다 이유가 있을 터,

나무의 속살에서
왜 매운 생강 냄새가 나는지
왜 나중엔 타버린 속처럼 새카만 열매 맺히는지
아무 말 없어도
생강나무 옆에서 봄날이 절로 아리네

산골

어깨를 맞댄 산들도 외로웠던 거야
비바람 맞으며 시름이 깊어 골이 진 거야
해를 등 뒤로 넘기며
제 그림자를 깊이 품는
산골짝이, 눈물이 강물 지면
고물고물 사람이 들고
지붕을 엮고 마을을 이루지
골이란 그런 거
저는 아파도 푹 꺼진 가슴이어도
누군가에겐 비빌 언덕이 되고 터전이 되는 거야

지지 않는 꽃

시어머니께서 옛이야기하실 때마다
빼놓지 않던
―포탄이 날아오는데 쟤가 꽃을 꺾어 달라고 보채는 거야
빨리 그 자리를 벗어나야 하는데
어린 아들이 엉뚱한 떼를 쓰는 통에 힘들었다는
육이오 피난길

지금도 산천의 꽃들은 여전한데
꽃 이야기 해주실
어머니 돌아가신 지 오래,
늙은 아들도 꽃을 놓쳐버린 지 오래,

철조망 아래 핀 꽃은 아직도
멀리 가버린 동심을 좇는지
꽃대가 갸우뚱 한쪽으로 기운다

꽃밭, 그 유년

해바라기는 왕따였다
채송화, 봉숭아, 분꽃, 백일홍, 족두리꽃,
다알리아, 칸나……
우리 집 꽃밭에서
키만 껑충한 해바라기는 늘 고개를 숙이고 있었다

어린 나는 화려한 꽃잎에 눈 맞추며
담장 옆 해바라기는 쳐다보지도 않았는데
햇빛은 세상을 편애하지 않았다
그 힘으로 해바라기는 살았던 걸까
해마다 일기장처럼 펼쳐진 심장에
연필로 꾹꾹 눌러 쓴 어두운 속내 알알이 빼곡했다

발아를 꿈꾸는 열외의 해바라기 씨앗들
모든 꽃들이 품은 씨앗보다 몇 배나 많아
그걸 까발리는 재미에 톡,톡, 시절이 뜀박질하고

일찍이 담장 너머를 바라보던 해바라기

왕따를 당한 건 담장 아래 끼리끼리 모여 있는 꽃무리

그리고 키 작은 나였으니…… 이런,

빈 배가 있는 풍경

누가,

이 강을 건넜나

빈 배만 남아있네

저 너머를 두고 몸을 버린 배는

푹 꺼질 듯 바람만 끌어안고

생시 같지 않은 봄

가는지 오는지 분간도 못하겠네

생이 이렇게 출렁거리는데

돌아올 수 없는 저 편에서

누가,

붓질을 하나

물결 따라 흘려 쓴 시구詩句가

뱃전에 아롱지네

감나무가 있는 풍경

가을주酒가 독하긴 독한가 보다

나무들 대낮부터 벌개져서
해롱해롱 바람을 타는 걸 보면

홍시 몇 알 간신히 남은
감나무도 길 쪽으로 조금씩 기운다

칼칼한 가을 향기에
저 알량한 감마저 홀랑 털리면
감나무인지 뭔지 누가 알아보나 싶은데
홍시 한 알 툭, 떨어진다

하기야 녹음 짙은 여름
눈 부릅뜨고 내가 감나무다, 했어도
거기 감나무 있는 줄 나 몰랐을 터

구름 한 점 슬며시 내려와

감나무 늘어진 팔을 제 어깨에 걸친다

나무의 격려사

거친 몸 어디에 돌돌 말려 있던 걸까

겨우내 쌓은 내공의
푸른 혀 내밀어
반짝반짝 세상을 깨운다

더러는 바람에 뒤집히고
벌레에 뜯기고
바닥에 떨어져 짓밟혀도

하나도 욕되지 않은
누구에게도 상처가 되지 않는

그저 싱그럽고 따스하게
봄을 부려놓는

11월의 분홍

쌀쌀한 공기가 낮게 깔린 나지막한 산길 진달래꽃 피었다
마른 풀들 사이 분홍이 생경하다

허풍이 지나갔으리라
분홍의 계절이 도래했다고 진달래 잠든 눈꺼풀을 간질이며
달콤하게 속삭였으리라

시기를 앞섰거나,
시기를 놓쳤거나,
사무친 무엇이 있어 잠들지 못하고 울고 있었는지 모른다
입술을 앙 다물고 벼르고 있었는지도
아니면, 깃들어 있던 방이 분에 넘쳤던 걸까

후회란 저 분홍 같은 거
차가운 바람 끝에 간신히 웃는, 한세상 겉도는 진달래 꽃잎
파르르 떨고 있다

이파리

노란 산수유 만개하면 진달래
그리고, 나뭇가지마다 겨울을 뚫고 연둣빛이 여기저기서
터지는데
거뭇거뭇한 숲 점점 환해지는데

산 아래 빌딩 사이로 고물고물 아이들이 지나간다 깔깔깔
소녀들이, 청년들이, 노인들이……

멈췄던 발길 다시 내딛자
기척에 놀란 어린 고라니 기겁하고 골짜기로 뛰어간다
그래, 너희도 있었지

생생하고 뭉클한 이름들
계절도 가리지 않고 이승에 피고 지는

제 **4** 부

나비, 날다

흐르는 못

뼈아프게
날아와 박힌 못도
오래되면 녹슬고 바스러진다
바스러지고 녹아 피로 스민다

늙으신 어머니를 보면 안다
한 번도 싸운 적 없었다는 듯
느 아버지는 이럴 때 이렇게 했었는데,
저 때는 저랬는데,
돌아가신 아버지를 떠올리신다

기억과 추억의 경계는 누가 허무나
저녁을 짓다 칼에 베인 손끝에서
비릿한 녹내가 난다

흔적

그늘진 땅이나 썩은 나무에 핀다는 버섯, 그것이 어머니 몸에 듬성듬성해요

평생 서늘한 그늘이었을, 모진 풍상 견디다 고사목이 되었을, 어머니 팔 다리에 핀 검은 버섯을 따면, 어머니 생을 오래오래 갉아먹은 내 송곳니도 박혀 있을 것 같고, 밥상에서 입을 쭈욱 빼물고 심통을 부리던 날들 줄줄이 끌려나올 것 같습니다 자식들 몰래 삼키신 눈물 우물처럼 출렁일 것 같아서 차마 들여다보지도 못하겠어요

저승꽃이라는 검버섯,

늙으면 몸에도 꽃피는 거라며 웃으시는 어머니 곁을 무슨 유적지처럼 다녀갑니다 그새 슬픈 포자 하나 날아오르네요

어머니 몸에 내가 무성해요

장다리꽃

무가 꽃을 피웠다

제 몸보다 몇 배 높이 꽃대 밀어 올린 보랏빛 꽃, 머리에 쓴
화관 같다

여기는 채소밭이 아닌 주방의 식탁

어머니가 싹둑 자른 윗부분을 옴팍한 접시에 담아 물을 줘 키
운, 무를 말하는 것이다

마주앉은 어머니 이마보다 더 높게 피다니,

꽃을 피우느라 시든 무와 누런 잎 사이

주름 깊은 어머니, 세상으로 밀어올린 나를 물끄러미 바라보
신다

멀대같이 꽃대만 흔드는 이 못난 자식을 두고 아직도 시름시
름 속을 내주시는데

나도 꽃으로 벙글 수 있을까

울컥 내 목울대까지 차오른 건 어머니 눈물, 접시의 물처럼 나
를 키운 바탕,

장다리꽃 유난히 크고 환하다

항아리를 닦다

장독대에 빈 항아리 하나 있네요
금이 간 것도 아닌데
거꾸로 엎어놓은 걸 보면 담아둘 게 없는 것 같아요
그렇다고 아주 쓸모없는 건 아니지요
얇게 썬 호박 널브러진 채반이 얹혀 있으니까요

요 항아리라고 가득 채웠던 뭔가가 없었을라고요
햇살과 바람 들고나던 시절도 있었겠지요
반듯한 고추장 된장 항아리들 옆에서
땅에 코를 박고 나 죽었소, 하는 것 같아
빈 항아리 두드리자 쨍쨍 울림이 크네요

일찍이 속을 비우고
다른 무엇을 받쳐주고 있는 빈 항아리
와삭 부서지기 전까지는
흐린 하늘도 거뜬히 이고 있을

어머니도 여직 나를 가슴에 얹고 근심하고 계시네요
어머니, 하고 부르면 오래된 가락 구슬프게 풀려나올 것 같아
아니에요, 아니에요, 항아리만 반지르르 닦습니다요

병원 가는 길

어머니가 내 손을 잡고 걸어가신다
넘어질까 봐 천천히

새 한 마리 앉은 것처럼 가볍다

시간은 눈치 없이 빠르게 어머니를 앞지르고
어린 내가 어머니 손잡고 걸어가는 낡은 흑백사진 한 장
등 뒤로 바짝 따라붙는다
내 몸이 길인 줄 알고
오래된 걸음 뼛속으로 사무치게 들어온다

기둥 같던 어머니, 한쪽으로 기우는 오후

어머니가 조금씩 내려놓는 그 무언가를 두고
바람이 차다

살살

응급실에서 엄마에게 환자복을 입히며 보았던
푹 꺼진 쭈글쭈글한 살

나는 알았다
아무리 용을 써도 내 몸무게가 줄지 않는 이유를

엄마 뱃속에서도
세상에 나와서도
갉아먹은, 먹는 줄도 모르고 먹어버린

살살 엄마의 생이 내게로 옮겨오고 있다

바지가 헐렁해져 핀으로 고정시킨
엄마 옆에서 나는 조여들어 답답한 허리 단추를 풀고 있다
살, 살, 현재 진행형이다

복도

투석실에 들어간 엄마를 기다리며
긴 복도를 서성인다
의자는 내게 넓은 무릎을 내주지만
앉아 있지 못하겠다

혈관에 바늘을 꽂고 피를 정화하는 시간
통유리를 통과한 햇살이 내 그림자를 복도에 끌어 앉힌다

그러고 보니 복도도 끊임없이 비워내고 있다
청소부가 가득 쌓인 쓰레기통을 비우고 새 비닐을 씌운다
저녁이면 사람들도 요소처럼 빠져나갈 것이다

버리는 게 삶이라니,
투석실 문이 열리고 젊은 남자가 어제를 거르고 나온다

내일은 맑을까
침대에 실려 나온 엄마는 겨우 눈을 맞춘다

낙엽

죽음은, 숨 쉬며 살던
세상을 몸으로 끌어당기는 거

손등에 주사바늘 같은 햇살을 꽂고
밀려오는 회한을
시름시름 혈관으로 빨아들이는 거

짐을 꾸리 듯 손등 발등 노랗게 부풀리는
어머니, 웃고 울던
침상에 든 바람도 덩달아 부풀다가

몽땅 활활 태우고
푹 꺼지는,

이승의 모퉁이 완화병동에서
혼신의 힘으로 지난날을 거두어 소멸하는
소우주

나비, 날다

이제부터는 날개를 펴야한다

완행열차를 타고 온 사람도
급행열차를 타고 온 사람도
레일이 끝나는 곳에서
훨훨 꽃길을 찾아야 한다

덜커덩 덜커덩
생의 마지막 구간에 들어선
어머니도 날갯죽지가 결리는지
병상에서 신음을 하며 눈을 감았다, 떴다, 하신다

아무 일도 없는 듯 입추가 지나고
여기까지라고 바람은 슬픈 깃발을 흔들고

빈 역사에 하나, 둘, 나비 날아오르고

오래된 도마

엄마 돌아가시고 부엌에 들어서자
나무 도마가 눈에 들어온다

무수한 칼자국과 가운데가 움푹 패여 볼품없는
도마가 주인이 떠난 줄도 모르고 서 있다.

내가 엄마 가슴에 못을 박을 때
도마는 되레 자기 가슴 엄마에게 순순히 내어줬을

나는 못 들었어도 도마는 귀담아 들었을 엄마의 혼잣말
나는 보지 못했어도 도마는 보았을 엄마의 눈물

오래된 도마 앞에서 뒤늦게 엄마를 읽는데
나를 흔드는 소리가 있다

—학교 가야지 얼른 일어나!
도마가 쩍쩍 갈라진 틈으로 오래된 말들을 쏟아낸다

'품'의 상상력, 그리고 어머니
― 황미라의 『꽃 진 자리, 밥은 익어가고』

전 기 철
(시인 · 문학평론가)

'품'의 상상력, 그리고 어머니
— 황미라의『꽃 진 자리, 밥은 익어가고』

전 기 철
(시인 · 문학평론가)

1

어느 날 불현듯 자신의 존재 이유에 대한 의문이 들 때가 있
다. 자신은 우주 속의 한 티끌이며, 인간관계의 진정성은 어디
에서도 찾아볼 수 없다고 느낄 때 극한적으로 외로움을 느끼거
나 존재에 대한 허무를 느낀다. 이는 마치 사르트르의『구토』
에서 로깡땡이 낯선 사물에서 구토를 느끼며 존재에 대한 허무

에 빠지는 것과 흡사하다. 그러한 인식은 '느닷없이' 오는 경우가 많다. 이 '느닷없이'는 '앗'이나 '후다닥'이라는 원초적인 말들과 함께 우리에게 찾아온다. 인간의 논리적 인식 너머의 세계를 깨닫는 계기는 대개 이종(異種)이나 다른 세계가 자아에 끼어들 때 나타난다. 이런 경험은 한 존재에게 자신이 속해 있는 세계에 의문을 제기하도록 하며, 그 안에서 살아가는 일에 대한 허무를 가져온다. 이때 감당할 수 없는 당혹감이 밀려온다. 그리고 생 자체가 흔들린다.

황미라 시인은 이런, 기존의 가치관이 흔들리는 와중에 어느날 갑자기 평범한 일상에 뚫린 구멍 같은 허무감 속에서 존재론적 의문을 갖는다. 그것은 "느닷없는 비문증"(「머나먼 행로」)이나 "디스크가 삐죽 나와 있는"(「탈출」) 데에서 발견되지만, 결국에는 "세상에 둘도 없는 것처럼/ 알은체를 하지만"(「그저 지나갈 뿐」) '그저 지나갈 뿐' "저 홀로 우주를 떠도는"(「그저 지나갈 뿐」) 허무감으로 나아간다. 이는 생에 대한 한계, 즉 나이라든가 병, 가까운 사람의 죽음 같은 특별한 계기로 인한 자의식에서 오는 경우가 많다.

나에게서 내가 나가버린

이 쓸쓸한 분란, 어느 것이 진짜 나인가

— 「탈출」 부분

　평범한 삶에서 느닷없이 다가온 '분란'이라는 흔들림은 시인에게 참된 자아에 대한 의문을 갖게 한다. 이 의문으로부터 출발한 시인은 그동안 살아왔던 삶의 길을 되돌아보기도 하고 진정한 존재를 찾기 위해 두리번거리기도 한다. 그리고 그 지점에서 자기를 돌아보고, 주변을 둘러본다. 따라서 나는 누구이며, 어디에 서 있으며, 어디로 가는가, 이런 질문을 통해서 그는 존재의 회의감 속에서 '탈출'에 안간힘을 쓴다. 이에 대한 시인은 언어적 상상력을 통해서 모색한다. 시인에게 언어는 존재의 집이기 때문이다. 존재론적 모색을 위해 황미라 시인은 언어적 상상력으로 탈출을 모색한다. 바슐라르는 존재의 본질을 네 원소, 물, 불, 흙, 공기에서 찾았고, 그 본질적 물질은 사소한 존재를 우주적으로 넓혀준다. 다시 말하면 상상력을 통해 시인은 하나의 형태에서 존재의 본질로 나아가 문제를 해결하려 하거나 형태 이전의 물질이 온 곳을 찾기 위해 상상력을 우주적으로 넓히기도 한다. 이는 인간이 네 원소로 이루어졌으며, 그 네 원소는 우주에서 온 것이기 때문이다. 갑자기 존재에 대한 허무감을 느낀 황미라 시인은 어떤 길을 모색할까? 무엇보다도 그는 자신을 둘러싸고 있는 주변을 둘레둘레 해본다.

2

황미라 시인의 일상으로 첫눈에 다가온 대상이 자연이다. "그저 지나갈 뿐"인 "생을 시술한들"(「그저 지나갈 뿐」) 회의와 무의미가 덜어지는 게 아니라는 인식 속에서 그에게 맨 먼저 다가온 게 자연이다. 자연은 어느 날 갑작스럽게 그에게 다가와 그의 어깨를 툭, 건드린다.

구름은
밥상에 마주앉은 자식에게 느닷없이 누구시냐고
공손하게 묻는 노인을 닮았다

— 「구름의 기억」 부분

시인은 밥상머리에 '느닷없이' 다가온 구름을 "치매노인

같"다고 칭하지만, 그 구름은 그에게 "생은 내려놓는 거/ 거짓말처럼 사라진 어제"를 가르쳐준다. 그리고 구름은 너머에 하늘이 있다는 것도 손가락으로 방향을 지시해 준다. 순간 그는 진정한 존재론적 의식을 갖는다. 그는 인간들 사이에 있는 게 아니라 자신이 발을 딛고 선 땅, 그리고 머리 위로는 하늘이 있고, 별이 있으며, 자신에게 말을 걸어오는 것들 사이에 있음을 알게 된다. 이런 이해를 통해서 그는 인식을 뒤집는다.

발은 지구를 번쩍 들어올린다
땅을 딛고 있는 게 아니라
땅을 받쳐 들고 있는 것이다

— 「발」 부분

시적 주체의 발은 지구를 받쳐 들고 있는 것이지 딛고 있는 게 아니다. 발은 지구를 '번쩍 들어올린다'고 했지만 위 시의 마지막 행 "우주에서 본 지구는 푸른 보석 같다는 전갈이 왔다"에서 보면 발은 그 지구에 붙은 하나의 돌출부에 불과하다. 이는 "사는 일이/ 부풀어 올랐다 터져버린 물집 같"은 것임을 깨닫는 데에로 나아가게 하며, 이 깨달음은 시인에게 바닥과 관련한 상상력으로 발전하게 한다.

> 집에 돌아와 퉁퉁 부은 발을 주무르자
> 연민처럼 찌릿찌릿 별이 돋는다
>
> 이 순간에도 세상을 굴려가는
> 총총한 발, 발, 발,
> 깊은 멍도 먼빛에 좋구나,
>
> ―「발」부분

발에 별이 돋는 건 애니미즘이라기보다는 인간이 자연의 일부임을, 혹은 자연으로의 귀속을 깨닫는 데에서 비롯한다. 이는 바슐라르에 의하면 발이 곧 땅, 혹은 흙이며, 그 흙은 별로 발전한다. 따라서 자연스럽게 시인은 "나는 나무다"라는 데에로 나아간다.

나는 나무다, 바닥에 써보라고
비바람이 후려치는 것 같다

나무는 쓰고 싶지 않을 것이다
존재는 기록하는 게 아니라
몸으로 증명하는 거라고
눈물범벅인 채 견디고 있는 건 아닌지

그 아이 글씨를 쓸 줄 몰라서는 아니었을 터,
교실의 무게를 홀로 힘겹게 받아내던
이름도 생각나지 않는 어리디어린 등
지금은 가뿐한지

흔들리는 나무에 그 아이 환히 재생된다

—「야외극장」부분

위 시에서 보면 나무와 시적 주체는 변별되어 있지 않다. 어
릴 때의 교실에서의 기억인 듯 보이지만 그것은 현재의 나무이
기도 하다. 그래서 '나는 나무다'가 된다. 나와 나무는 하나
의 몸이다. '흔들리는 나무에 그 아이가 환히 재생'되었기 때

문이다. 아이의 집은 극장이다. 그 극장은 지구가 되고 우주가 된다. 확장된 상상력이다. 이런 상상력은 나무뿐만 아니라 강, 바다, 골짜기, 산, 바다, 별, 꽃, 우주 등으로 발전된다. 그리고 자연의 상상력은 자연의 심성, 혹은 본질로 나아간다. 그것이 '품'이다. 자연은 품는다. 사람을 품고 동물이나 식물을 품으며, 서로가 서로를 품는다. 이런 자연의 본질은 어머니의 상징이기도 하다. 어머니는 대지이다. 대지는 자연의 표상이다. 자연은 그 본질이 생명을 품고, 기르고 끌어안는다. 생명뿐만 아니라 모든 사물도 그 안에서 자체의 존재를 드러낸다. 사물들은 자연 속에서, 혹은 대지 속에서 자신이 이름 불려 저요, 저요! 눈에 띄려 기다리고 있다. 자연 속에서 잠을 자고 있다가 이름 붙여지기를, 다시 말하면 형태적 상상력을 통해 존재가 되기를 기다린다. 그러므로 자연은 모든 존재의 어머니이다. 어머니의 본성은 곧 보듬고 품는다. 여기에 '품'의 상상력이 나타난다.

3

'품'은 보듬는 것이며, 받아들이는 것이며, 받쳐 들고, 받들고, 끌어안고, 감치고, 어루만지고, 받아내고, 짊어지고, 아우르고, 응원하고, 견디며 보시하는 것이다. 그것은 '함께', '같이'의 가치를 지니고 있는 심상이다. 따라서 '품'은 시인이 자연의 상상력으로 끌어들인 본질이다. 품은 넓이이며 깊이이며 높이이다. 깊고 높고 넓은 것이 곧 '품'이다. 그리고 그것은 둥근 성질을 지니고 있으며 촉감으로 다가오기도 하며 꿈꾸는 보금자리이기도 하다. 보금자리는 둥글고 자신을 보듬는 자리이다. 그러면 다음에서 구체적으로 시 속에서 '품'을 찾아 그 양상을 살펴보기로 하자.

둥글어진다는 건 모서리를 보듬는 거
가슴 안팎 찔리고 베이며 품어 안는 거

— 「곡선」 부분

연신 산기슭에 가슴을 쓸어내리는 강물과
무슨 투사처럼 그 강물 당차게 끌어안는 콘크리트 벽

— 「의암호에서」 부분

우리가 무엇을 받아들 수 있다는 건
몸에 붙은 양팔 때문,

—「고요한 벽」 부분

어둠도 품어야 할 별 같은 목숨붙이가 있을 터,
온갖 빛에 밀려 먼 길 왔을
어둠을 위해 전등 촉수를 낮춰야겠네

—「어둠이 지나가네」 부분

태생이 바닥인 것처럼
납작 엎드려 고흐를 품는다

—「담쟁이덩굴」 부분

저는 아파도 푹 꺼진 가슴이어도
누군가에겐 비빌 언덕이 되고 터전이 되는 거야

—「산골」 부분

멀대 같이 꽃대만 흔드는 이 못난 자식을 두고 아직도 시름시
름 속을 내주시는데
　나도 꽃으로 벙글 수 있을까
　울컥 내 목울대까지 차오른 건 어머니 눈물, 접시의 물처럼 나
를 키운 바탕,

　　　　　　　　　　　　　　　　— 「장다리꽃」 부분

　품고 보듬고, 낮추며, 모든 걸 받아들이는 바탕이 되는 것
이 곧 '품'의 상상력이다. 따라서 품은 골짜기나 강, 바다, 혹
은 바다 이미지를 끌어온다. 이는 곡선으로 둥글어지는 일이
며, 나를 낮추는 일이기 때문이다. 나를 낮추는 일은 "이 세상
바닥에서 둥글어진다는 거/ 제 안에 품은 고갱이가 달콤하다는
거/ 수행修行의 다른 말'(「상원사 가는 길」)이다. 골짜기나 바
다는 모든 것을 받아들이는 어머니이다.

　바다는 눈물이다
　내륙의 어두운 방에서 울어도
　눈물은 방울방울 마음의 골짜기와 강을 지나

바다로 스민다

먹고 사는 일이 숙제처럼 버거울 때

죽는 일이 사는 일보다 쉬울 거 같을 때

발등에 뚝뚝 떨어지는

당신이 흘린 눈물 속에 당신이 빠져 죽을까봐

바다는 태곳적부터 길을 터놓고 품 넓혀 출렁거린다

— 「눈물바다」 부분

　골짜기가 받아들인 인간의 눈물을 강이 받고, 다시 바다가
최종적으로 받아들여 품는다. 그리고 바다는 '품 넓혀 출렁거
린다'. 이렇게 골짜기, 강, 바다는 모두 품의 형상으로 자연에
서 끌고 온 형상적 상상력의 소산이다. 이러한 형상적 상상력
은 바슐라르의 질료적 상상력으로 발전해 간다. 바슐라르가 언
급했던 네 질료, 곧 물, 불, 흙, 공기 등으로 나아가는 상상력이
질료적 상상력이다. 이 질료적 상상력으로 해서 하나의 형상인
존재는 너와 그, 그녀, 그것 등을 거쳐 우주 만물로 나아가고,
다시 그것들은 본질인 근원, 곧 물질로 나아간다.

문지방을 넘어 와 납작 엎드린

한풀 죽은 햇살 따뜻하니 좋다니, 팔 벌려 껴안는 능청 고스란

히 받아주는 굽은 등이라니,

—「가을」부분

위 시는 햇빛이라는 '불'의 질료인 심상이다. 낮은 데로 나
아간 형상적 상상은 다시 원초적인 질료 쪽으로, 형상에서 더
욱 본질적인 데로 나아간다. 이는 빛이나 흙, 하늘, 바람, 물 등
을 끌어오면서 질료적 상상력으로 나아가는 길을 닦는다. 그
리고 이런 질료적 상상력은 흙의 질료로서의 '몸'을 끌어온다.
여기에서 몸은 인간의 몸만이 아니다. 동물의 몸, 사물의 몸을
포함한다. 질료적 상상력을 통해서 이동한 것이다. "둥근 몸을
꿈틀대는 지렁이"(「곡선」)이나 "이 순간에도 세상을 굴려가는/
총총한 발, 발, 발,/ 깊은 멍도 먼빛에 좋구나,"(「발」)이거나 "우
리가 무엇을 받아들 수 있다는 건/ 몸에 붙은 양팔 때문,// 팔
처럼 대못을 박고"(「고요한 벽」)에서 보듯 몸은 형상이 아닌 흙
의 질료이다. 그리고 그 몸은 흙의 질료인 '뿌리'로도 발전한
다.(「인북천, 오디를 따다」 「쓰러진 나무」) 이렇게 질료로 나아
가면 인간과 나무, 산, 집 등 이름 붙일 수 있는 데에서 존재의

원초적인 근원에 이르게 된다. 이에 상상력은 인간과 사물과
원소들을 통합하게 된다. 이때 시인은 그 원초적 물질을 품어
안는다.

> 어둠도 품어야 할 별 같은 목숨붙이가 있을 터,
> 온갖 빛에 밀려 먼 길 왔을
> 어둠을 위해 전등 촉수를 낮춰야겠네
>
> ― 「어둠이 지나가네」 부분

　시적 화자는 어둠의 물질을 끌어안아 빛이 오는 길을 닦는
다. 낮은 데로 내려앉아 보듬는 품은 어둠까지도 머무르게 하
여 별의 길을 닦는다. 그 별의 길은 어둠의 길이기도 하다. 시인
의 상상력은 물질에서부터 우주적으로까지 나아간다. 이렇게
발전하는 상상력은 빛에서 별을, 그리고 다시 꽃이나 꿈 등을
끌어와 환한 세계로 나아간다. 이들 심상은 희망이며 그리움
이며 밝음이다. 따라서 꽃은 "애틋한 누군가에게 날릴/ 희망의
꽃씨를 품은 여자"(「틈」)가 되고, 무엇엔가 홀려 왔을 "어린 신
부"(「생강나무」)가 된다.

흔들리는 나무에 그 아이 환히 재생된다

                              ─「야외극장」 부분

그 부조화의 조화가
집집마다 불을 켜고 어린 것들이 꿈을 꾸는

세상을 환히 밝히는 힘이라니

                              ─「의암호에서」 부분

노란 산수유 만개하면 진달래
그리고, 나뭇가지마다 겨울을 뚫고 연둣빛이 여기저기서 터지
는데
거뭇거뭇한 숲 점점 환해지는데

                              ─「이파리」 부분

울컥 내 목울대까지 차오른 건 어머니 눈물, 접시의 물처럼 나
를 키운 바탕,
　장다리꽃 유난히 크고 환하다

— 「장다리꽃」 부분

　꽃은 꿈과 엮이면서 환해진다. 이 밝음은 원초적인 빛의 질
료이다. 이 빛은 "꿈꾸는 멋진 호박"(「애호박」)이면서 "쓰레기
가 누군가의 꿈이 되는"(「프란시스」) 물질이다. 따라서 '세상
을 환히 밝히는 힘'으로서의 빛은 몸에서 피는 꽃(「흔적」)이 된
다. 그리고 빛은 "가장 환한 얼굴/ 강렬한 별 하나"(「야상곡2」)
가 되어 하늘 길을 내어 누군가의 외롭고 쓸쓸한 영혼을 밝혀
준다.
　이렇게 환히 빛나게 하는 길을 내는 '품'은 누군가의 보금
자리가 되고 싶은 가슴이기도 하다. 가슴은 「지폐를 다리는 여
자」나 「곡선」에서처럼 따뜻하게 둥그렇게 품어 안는 물질이다.
그것은 자비, 혹은 자애(慈愛)이다. 자애는 몸을 낮추는 걸 의
미한다. 여기에서 자(慈)는 함께 하기 위해 자신을 낮춤을 뜻한
다. 따라서 '품'에는 자애가 들어 있다. 다시 말하면 몸을 낮추
어 함께 하는 자세가 자애이다. 자애는 울림, 곧 공명이다. 그

리고 울림은 울음의 질료이며, 소리라는 음향을 통해서 퍼져가
는 공명(共鳴)이기도 하다.

    그 어떤 소리도
    바닥을 치고 내밀한 상처 쓸며 올라오는 목숨붙이의 기막힌 울
림이었을 터,
    소리란 소리 새삼스러워 공손히 귀를 연다

                    ─「까치와 소리」부분

    땅에 코를 박고 나 죽었소, 하는 것 같아
    빈 항아리 두드리자 쨍쨍 울림이 크네요

                    ─「빈 항아리를 닦다」부분

    울림은 속이 텅 비어 있을수록 넓고 깊게 퍼져나간다. 바닥을
치고 상처가 깊을수록 울림은 커지고 깊어진다.(「고요한 벽」)
그리고 그 자애는 어머니의 심성이기도 하다.

시인이 제4부를 어머니를 중심 소재로 쓰고 있는 것도 어머니의 자애를 통해서 울림의 공명을 보여주기 위해서이며 '품'의 상상력의 구체적 형상으로 보여주기 위함이다.

4

제4부는 어머니의 마지막을 지키면서, 혹은 보내면서 쓴 애도의 시이다. 따라서 제4부는 어머니의 병상에서 임종까지 함께 했던 일을 기억과 회상을 통해 추모한다. 이는 단순히 어머니에 대한 안타까움을 표현하기 위함이라기보다는 어머니를 보내면서 '품'과 자애(慈愛)를 구체적으로 보여주기 위한 존재론적 의미를 갖는다. 어머니는 여자다. 여자에 대한 시인의 인식을 보면, "세상을 죄다 반듯하게 세워놓겠다는 듯/ 다림질을 하"(「지폐를 다리는 여자」)고, "집 나가 딴 살림 차린 남편 늙어서 슬금슬금 들어오는데, 나가란 소리 안"(「가을」)하는, "희망의 꽃씨를 품"(「틈」)은 존재로 등장한다. 여자에 대한 시인의 인식은 어머니에게서 나온다. 낮은 데로 내려가 모든 허물을 받아내고 '희망을 꽃씨를 품'어 세상을 다림질해 주는 품 넓은 표상이 여자로서의 어머니이다. 어머니는 '품'의 구체적 표상이다. 하지만 어머니의 세월은 여자를 내포하고 있어 허무 그

자체였다.

평생 서늘한 그늘이었을, 모진 풍상 견디다 고사목이 되었을,
어머니 팔 다리에 핀 검은 버섯을 따면, 어머니 생을 오래오래 갉
아먹은 내 송곳니도 박혀 있을 것 같고, 밥상에서 입을 쭈욱 빼물
고 심통을 부리던 날들 줄줄이 끌려나올 것 같습니다 자식들 몰
래 삼키신 눈물 우물처럼 출렁일 것 같아서 차마 들여다보지도
못하겠어요

— 「흔적」 부분

여자로서의 어머니는 '서늘한 그늘'이었고, '모진 풍상 견'
딘 '고사목'이었으며, '자식들 몰래 삼키신 눈물 우물처럼 출
렁'인 삶을 살아왔다. 어머니는 풍상을 겪으며 넓고 깊게 품는
존재이다. 세상을 품는 어머니의 삶을 표상하기 위해 3부까지
는 시적 주체의 '품'의 상상력을 보편화 한 부분이라면, 4부는
그 '품의 가장 나중의, 결과론적 존재로서의 어머니를 드러내
고 있다. 따라서 제4부에서 이런 어머니의 마지막을 함께 하다
가 또 다른 세상으로 보내면서 시인은 자신과의 관계를 하나하
나 기억 속에서 꺼내 추모하여 애도한다. 추모란 가신님을 기리

기 위해 그 분의 희생적인 삶을 구체적으로 드러내 잊을 수 없는 그리움을 표현하는 애도자의 자세이다. 화자는 어머니를 추모하기 위해 살아생전 어머니의 모습을 먼저 하나하나 새기고, 그 다음으로 자신을 세상에 내 보내 주신 어머니의 은혜를 기린다. 왜냐하면 화자의 기억 속 어머니의 삶은 자신 속에 살아 있을 뿐만 아니라 그의 존재론적 근거를 제시해 주고 있기 때문이다. 화자는 어머니와 인연 있는 사물 하나하나를 주워섬기고, 자신 안에 녹아 있는 어머니의 모습을 보여준다.

느 아버지는 이럴 때 이렇게 했었는데,
저 때는 저랬는데,
돌아가신 아버지를 떠올리신다

―「흐르는 못」 부분

어머니, 하고 부르면 오래된 가락 구슬프게 풀려나올 것 같아
아니에요, 아니에요, 항아리만 반지르르 닦습니다요

―「항아리를 닦다」 부분

오래된 도마 앞에서 뒤늦게 엄마를 읽는데
나를 흔드는 소리가 있다

—학교 가야지 얼른 일어나!
도마가 쩍쩍 갈라진 틈으로 오래된 말들을 쏟아낸다

　　　　　　　　　—「오래된 도마」 부분

　어머니를 애도하기 위해 어머니 곁에 있었던 사람이나 사물들을 끌어낸다. 화자는 아버지, 항아리, 도마 등 어머니의 삶과 함께했던 인연들을 점호하여 어머니를 추모한다. 그리고 낮은 데서 보듬는 '품'을 모르고 "갉아먹은, 먹는 줄도 모르고 먹어버린"(「살살」) "못난 자식"(「장다리꽃」)으로 미안함을 표현한다. 그와 함께 어머니의 마지막 모습을 새긴다.

응급실에서 엄마에게 환자복을 입히며 보았던
푹 꺼진 쭈글쭈글한 살

　　　　　　　　　—「살살」 부분

내일은 맑을까
침대에 실려 나온 엄마는 겨우 눈을 맞춘다

— 「복도」 부분

이승의 모퉁이 완화병동에서
혼신의 힘으로 지난날을 거두어 소멸하는
소우주

— 「낙엽」 부분

임종을 지켜보고 어머니의 삶을 기리며 그 '품'이 결코 죽지 않고 재생함을 표현하기 위해 화자가 끌어들인 심상이 꽃과 나비이다. 어머니 몸에 핀 꽃에서 "그새 슬픈 포자 하나 날아오르네요/ 어머니 몸에 내가 무성"(「흔적」)하고, 그리고 어머니는 나비로 날아오른다.(「나비, 날다」) 어머니의 품에서 꽃씨 하나가 떨어져 꽃으로 피어나고, 거기에서 나비가 난다. 어머니의 임종을 지켜보면서 그리움을 표현한 애도의 시 모음을 제4부로 모았지만, 제4부는 시집 전체를 떠받치고 있는 '품'의 상상력의 구체적 표상이며, 존재론적 허무를 극복할 수 있는 본질이 무엇인가를 보여준다. 그것은 모성(母性)이다. 여기에서 시집 표제인 '꽃 진 자리'는 어머니의 난 자리가 아닐까 싶다. 그 자리에서 포자가 날아오른다. 삶의 연속성이 보이는 부분이다. 여기에 '밥은 익어가고' 이어질 수 있다.

5

황미라의 이번 시집 『꽃 진 자리, 밥은 익어가고』는 어느 날 갑자기 닥친 변고(병, 이별 등)로 생에 대한 무상을 느끼고 거기에서 탈출하기 위해 존재의 본질을 찾아 나선 데서 출발한다. 그를 둘러싼 자연이 먼저 불쑥 나타나 그의 어깨를 툭, 치는데, 그 자연은 낮은 데에서 보듬는, 혹은 품는다는 걸 알게 된다. 여기에 보듬는 '품'은 자기를 낮추고, 그 낮은 데에서 다른 존재를 끌어안는 상상력을 끌어들인다. '품'은 받쳐 들고, 받들고, 끌어안고, 감치고, 어루만지고, 받아내고, 짊어지고, 아우르고, 응원하고 견디며 보시하는 자연의 상상력의 질료이다. 그것은 어머니의 본성이다. 품은 골짜기에서 강, 바다로 나아갔다가 우주적 상상력으로 나아간다. 다시 그 형상적 상상력은 바슐라르의 네 원소인 물질적 상상력으로 발전한다. 이렇게 발전

할수록 품은 더 넓어지고 깊어진다. 그리고 품에서 존재의 빛을, 희망을 본다. 여기에 이르러 존재는 외롭거나 허무한 게 아니라 빛이며 희망이 된다. 시인은 그 구체적인 형상으로 어머니를 끌어들인다. 어머니는 시인이 허무를 극복할 수 있는, '품'의 표상이며 자연의 본성이다. 이에 시인은 모성을 통해서 삶의 허무를 극복하려 한다.

결국 황미라 시인은 시집 『꽃 진 자리, 밥은 익어가고』에서 존재론적 질문에서 시작해 모성에서 그 답을 찾으려는 상상력이 돋보인다. 그 모성이 다음 시집에서는 어떻게 변용될까 기대된다.